LE CARESME IN-PROMPTU *ET* LE LUTRIN VIVANT.

LE CARESME IN-PROMPTU

ET

LE LUTRIN VIVANT.

POËMES.

PAR L'AUTEUR DE VERT-VERT.

AU LUTRIN VIVANT.

M. DCC. XXXV.

LE CARESME IN-PROMPTU.

SOUS un Ciel toujours rigoureux,
Au sein des flots impétueux,
Non loin de l'Armorique Plage,
Il est une Isle, affreux rivage,
Habitacle marécageux
Moitié peuplé, moitié sauvage,
Dont les Habitans malheureux
Séparés du reste du Monde,
Semblent ne connoître que l'Onde,
Et n'être connus que des Cieux :
Des nouvelles de la Nature
Viennent rarement sur ces bords ;
On n'y sçait que par avanture,
Et par de très tardifs rapports,
Ce qui se passe sur la terre,
Qui fait la paix, qui fait la guerre ;
Qui sont les vivans & les morts.
De cette étrange résidence
Le Curé, sans trop d'embarras,
Enséveli dans l'indolence
D'une héréditaire ignorance,

Vit de Baptêmes, de trépas,
Et d'Offices qu'il n'entend pas.
Parmi les Notables de l'Isle
Il est regardé comme habile
Quand il peut dire, quelquefois,
Le mois de l'An, le jour du Mois.
On va penser que j'exagére,
Et que j'outre ce caractére ;
» Quelle apparence ! dira-t'on ;
» Quelle Isle assez abandonnée
» Ignore le tems de l'année ?
» Non, ce trait ne peut être bon
» Que dans une Isle imaginée
» Par le fabuleux Robinson.
De grace, Censeur incrédule,
Ne jugez point sur ce soupçon ;
Un fait narré sans fiction
Va vous enlever ce scrupule,
Il porte la conviction ;
Je n'y mettrai que la façon.
Le Curé de l'Isle susdite,
Vieux Papa, bon Israëlite,
(N'importe quand advint le cas)
N'avoit point, avant les Etrennes,
Fait apporter de nos climats
De *Guid'anes* ni d'Almanachs

Pour le guider dans ses Antiennes,
Et regler ses petits Etats.
Il reconnut sa négligence ;
Mais trop tard vint la prévoyance.
La saison ne permettoit pas
De faire voile vers la France.
Abandonnée aux noirs frimats
La Mer n'étoit plus pratiquable,
Et l'on n'espéroit les bons vents
Qui rendent l'Onde navigable,
Et le Continent abordable,
Qu'à la naissance du Printems.
  Pendant ces trois mois de tempêtes,
Que faire sans Calendrier ?
Comment placer les jours de Fêtes ?
Comment les différencier ?
Dans une pareille méprise
Quelqu'autre Curé plus sçavant
N'auroit pû régir son Eglise;
Et peut-être, dévotement,
Bravant les fougues de la bise,
Se seroit livré, sans remise,
Aux périls du moite Element :
Mais, pour une telle imprudence,
Doüé d'un trop bon jugement,
Notre bon Prêtre, assûrément,

Ché-

Chérissoit trop son éxistence ;
C'étoit, d'ailleurs, un vieux routier ;
Qui s'étant fait une habitude
Des fonctions de son métier,
Officioit sans trop d'étude,
Et qui, dans sa décrépitude,
Dégoisoit Pseaumes & Leçons
Sans y faire tant de façons.
Prenant donc son parti sans peine,
Il annonce le premier mois,
Et recommande, par trois fois,
A son Assistance chrétienne
De ne point finir la semaine
Sans chommer la fête des Rois.
Ces premiers points étoient faciles ;
Il ne trouva de l'embarras
Qu'en pensant qu'il ne sçauroit pas
Où ranger les Fêtes mobiles.
Qu'y faire enfin ? Peu scrupuleux,
Il décida, ne pouvant mieux,
Que ces Fêtes, comme ignorées,
Ne seroient chez lui célébrées
Que quand, au retour du Zéphir,
Lui-même il auroit pû venir
Prendre langue dans nos contrées.
Il crut cet avis selon Dieu,

Ce

Ce fut celui de ſon Vicaire,
De Javote ſa ménagere,
Et de ſon Magiſter Mathieu
La plus forte tête du lieu.
Ceci poſé, Janvier ſe paſſe;
Plus agile encor, dans ſon cours,
Février fuit, Mars le remplace,
Et l'Aquilon regnoit toûjours:
Du Printems, avec patience,
Attendant le prochain retour,
Et, ſur l'annuelle abſtinence,
Prétendant cauſe d'ignorance,
Ou bonnement & ſans détour,
Par faute de réminiſcence,
Notre vieux Curé, chaque jour,
Se mettoit ſur la conſcience
Un Chapon de ſa baſſe-cour.
Cependant, pourſuit la Chronique;
Le Carême, depuis un mois,
Sur tout l'Univers Catholique
Etendoit ſes austeres loix:
L'Iſle ſeule, grace au bon-homme;
A l'abri des Statuts de Rome,
Voyoit ſes libres Habitans
Vivre en gras pendant tout ce tems:
De vrai, ce n'étoit fine chére;

Mais;

Mais, cependant, chaque insulaire
Mi-païsan, & mi-bourgeois,
Pouvoit parer son ordinaire
D'un fin lard flanqué de vieux pois;
A l'exemple du presbitére,
Tous, dans cette erreur salutaire,
Soupoient pour nous d'un cœur joyeux,
Tandis que nous jeûnions pour eux.

Enfin, pourtant, le froid Borée
Quitta l'onde plus tempérée:
Voyant qu'il étoit plus que tems
D'instruire nos impénitens,
Le Diable, content de lui-même,
Ne retarda plus le printems;
C'étoit lui, qui, par stratagême,
Leur rendant contraire tout vent
Avoit voulu, chemin faisant,
Leur escamoter un Carême
Pour se divertir en passant.

Le calme rétabli sur l'onde,
Mon Curé, selon son serment,
Pour voir comment alloit le monde,
S'embarque sans retardement;
S'étant bien lesté la bedaine
De quatre tranches de jambon,
(Fait, digne de réflexion,

Car

Car de la ſainte quarantaine
Déja la cinquiéme ſemaine
Venoit de commencer ſon cours.)
Il vient, il trouve avec ſurpriſe
Que dans l'empire de l'Egliſe
Pâques revenoit dans dix jours :
» Dieu ſoit loué ! Prenons courage,
Dit-il, enfonçant ſon caſtor,
» Grace au Seigneur, notre voyage
» Se trouve fait à tems encor
» Pour pouvoir dans mon hermitage
» Fêter Pâques ſelon l'uſage.

Content, il rentre ſur ſon bord ;
Après avoir fait ſes emplettes
Et d'almanachs & de lunettes,
Il part, il arrive à bon port
Dans ſes ſolitaires retraites.
Le lendemain, jour des Rameaux,
Prônant avec un zéle extrême,
Il notifie à ſes vaſſaux
La datte de notre Carême ;
» Mais, pourſuit-il, j'ai mon ſiſtême,
» Mes freres, nous n'y perdrons rien,
» Et nous le ratraperons bien :
» D'abord, avant notre abſtinence,
» Pour garder l'uſage ancien

» Et bien remplir toute obſervance ,
» Le Mardi gras ſera mardi ,
» Le jour des Cendres mercredi ;
» Suivront trois jours de pénitence ,
» Dans toute l'Iſle on jeûnera ;
» Et Dimanche, unis à l'Égliſe ,
» Sans plus craindre aucune mépriſe ,
» Nous chanterons l'*Alleluia*.

FIN.

LE LUTRIN VIVANT.

A Monsieur l'Abbé de Segonzac.

De mes écrits, aimable confident,
Cher Segonzac, ma muse solitaire,
De ses ennuis brisant la chaine austere
Vient près de toi, retrouver l'enjoûment :
Je m'en souviens, lorsqu'un sort plus charmant
Nous unissoit, sur les rives de Loire,
Aux champs heureux dont Tours est l'ornement,
Lieux toûjours chers au Dieu de l'agrément,
Je te promis qu'au temple de Mémoire
Je placerois le Pupitre vivant
Dont je t'appris la naissance & la gloire.
Je l'ai promis, je remplis mon serment ;
A dire vrai, cette moderne histoire
Est un peu folle, il en faut convenir,
Est-ce un défaut ? Non, si c'est un plaisir.
Dans les langueurs de la mélancolie,
Quoi ! la sagesse est-elle de saison ?
Un trait comique, une vive saillie
Marquez au coin de l'aimable folie,

Consolent

Consolent mieux qu'une froide oraison
Que prêche en vain l'ennuïeuse raison.
Quoiqu'il en soit, ma Minerve sévere
Adoucira ces grotesques portraits,
Et les voilant d'une gaze légere,
Ne montrera que la moitié des traits.
Venons au fait : Honni qui mal y pense !
Attention : j'ai toussé ; je commence.

Non loin des bords du Cher, & de Lauron,
Dans un climat dont je tairai le nom,
Est un vieux Bourg, dont l'Eglise sans vitres
A pour Clergé le plus gueux des Chapitres :
Là, ne sont point de ces mortels fleuris,
Qui dans les bras d'une heureuse indolence,
Exemts d'étude, & libres d'abstinence,
N'ont qu'à nourrir leur brillant coloris ;
On ne voit là que pâles effigies,
Qui du Champagne onc ne furent rougies,
Que maigres Clercs, Chanoines avortons,
Sans rabats fins, & sans triples mentons,
Contraints d'aller, traînant leurs faces blêmes,
A chaque Office, & de chanter eux-mêmes :

Ils ont pourtant, pour aider leur labeur,
Un Chapelain, & quatre Enfans de Chœur ;
Ces Jouvenceaux ont leur gîte ordinaire
Chez Dame Barbe, elle leur sert de Mere

Et

Et de soutien ; le public est leur pere.
Il faut sçavoir, pour plus grande clarté,
Que Dame Barbe est une Octogénaire,
Fille jadis ; aujourd'hui Doüairiere,
Qui, dès seize ans, d'un siécle corrompu
Craignant l'écüeil, pour mettre sa vertu
Mieux à couvert des mondains & des Moines,
Crut devoir vivre auprès d'un des Chanoines ;
D'abord servante, ensuite, adroitement,
Elle parvint jusqu'au gouvernement :
Déja, trois fois, elle a vû dans l'Eglise
De Pere en Fils chaque Charge transmise ;
Barbe, en un mot, au Chapitre susdit,
De Race en Race, a gardé son crédit.

Or, chez ladite, arriva notre histoire
En Juin dernier ; l'avanture est notoire :
Par cas fortuit, l'enfant de Chœur Lucas
Avoit usé l'Etuy des Pays-Bas :
Vous m'entendez, sa Culotte trop mure
Le trahissoit par mainte découpure ;
Déja la Bréche, augmentant tous les jours,
Demanteloit la Place & les Fauxbourgs ;
Barbe le voit, s'attendrit : mais que faire ?
Elle étoit pauvre, & l'étoffe étoit chére :
D'une autre part, le Chapitre étoit gueux ;
Et puis, d'ailleurs, le petit Malheureux,

Ouvrage

Ouvrage né d'un Auteur anonime,
Ne connoissant Parens ni Légitime,
N'avoit en tout, dans ce stérile lieu,
Pour se chauffer que la grace de Dieu.
Il languissoit dans une triste attente,
Gardant la chambre, & rarement debout:
Enfin pourtant, l'habile Gouvernante
Sçut lui forger une armure décente
A peu de frais, & dans un nouveau goût.
Nécessité tire parti de tout,
Nécessité d'Industrie est la Mere.
Chez Barbe étoit un vieux Antiphonaire:
Vieux Graduel, ample & poudreux Bouquin,
Dont, aux bons jours, on paroit le Lutrin;
D'épais lambeaux d'un parchemin gothique
Formoient le corps de ce Grimoire antique,
De ces feüillets de la crasse endurcis
L'âge avoit fait une étoffe en glacis.
La vieille crut qu'on pouvoit, sans dommages,
Du Livre affreux détacher quelques pages;
Elle en prend quatre, & les coût proprement
Pour relier un volume vivant:
Mais le hazard voulut que l'Ouvriere,
Très peu sçavante en pareille matiere,
Dans les feüillets qu'elle prit sans façon
Prît justement la Messe du Patron;

L'ou-

L'ouvrage fait, elle en coëffe, à la diable,
L'humanité du petit misérable ;
Parquoi Lucas chamarré de plein chant,
Ne craignit plus les insultes du vent.
Or, cependant, arrive la Saint Brice,
Fête du lieu, fête de grand Office :
Le maitre Chantre, Intendant du Lutrin,
Vient au grand livre, il cherche, mais en vain :
A feüilleter il perd & tems & peines,
Il jure, il sacre, & s'imagine enfin,
Qu'un cœur de rats a mangé les antiennes ;
Mais par bonheur, dans ce triste embarras,
Ses yeux distraits rencontrent mon Lucas,
Qui, de grimauds renforçant une troupe,
Sans le sçavoir, portoit l'Office en croupe ;
Le Chantre lit, & retrouve au niveau
Tous ses versets sur ce livre nouveau :
Sur l'heure il fait son raport au Chapitre.
On délibére, on décide soudain
Que le marmot, braqué sur le pupitre,
Y servira de livre & de lutrin.
Sur cet arrêt, on le stile au service,
En quatre tours il apprend l'exercice ;
Déja d'un air intrépide & dévot
Lucas s'accroche à l'Aigle du pivot ;
A livre ouvert, le Chapier en lunettes

Vient

Vient entonner ; un groupe de Mazettes
Très-gravement poursuit ce chant fallot,
Concert grotesque, & digne de Callot.
Tout alloit bien jusques à l'évangile.
Ferme, & plus fier qu'un Sénateur Romain,
Lucas tenant sa façade immobile
Avec succès auroit gagné la fin :
Mais, par malheur, une guespe incivile,
Par la coûture entr'ouvrant le vélin,
Déconcerta le sensible Lutrin.
D'abord il souffre, il se fait violence ;
Et tenant bon, il enrage en silence.
Mais l'aiguillon allant toujours son train,
Pour éviter l'insecte impitoyable,
Le Lutrin fuit en criant comme un diable
Et loin de là, va, partant comme un trait,
Pour se guérir, retourner le feüillet.
Le fait est sûr, sans peine on peut m'en croire,
De deux Gascons je tiens toute l'histoire.
C'est pour toi seul, ami tendre & charmant,
Que j'ai permis à ma Muse exilée,
Loin de tes yeux tristement isolée,
De s'égayer sur cet amusement,
Fruit d'un caprice, ouvrage d'un moment :
Que, loin de toi, jamais il ne transpire ;
Si par hazard il vient à d'autres yeux,

Les

Les esprits francs qui daigneront le lire,
Sans s'appliquer, follement scrupuleux,
A me trouver un crime dans mes jeux,
Honoreront peut-être d'un sourire
Ce libre effort d'un aimable délire,
Délassement d'un travail sérieux.
Pour les bigots & les froids précieux,
Peuple sans goût, gens qu'un faux zéle inspire
De nos chansons critiques ténébreux,
Censeurs de tout, exempts de rien produire;
Sans trop d'effroi, je m'attends à leur ire.
Déjà j'en vois, un trio langoureux
S'ensévelir dans un réduit poudreux,
Fronder mes vers, foudroyer & proscrire
Ce badinage, en faire un monstre affreux;
Je les entends gravement s'entredire,
D'un air capable & d'un ton doucereux:
» Y pense-t'il? Quel écrit scandaleux?
» Quel tems perdu! Pourquoi, s'il veut écrire
» Ne prend-il point des sujets plus pompeux,
» Des traits moraux, des éloges fameux? . . .
Mais dédaignant leur absurde satyre,
Aimable Abbé, nous ne ferons que rire
De voir ainsi ces graves ennuyeux
Perdre à gronder, à me chercher des crimes,
Bien plus de tems & de peines entr'eux,

Que

Que je n'en perds à façonner ces rimes.
Pour toi, fidéle au goût, au sentiment,
Franc des travers de leur aigre doctrine,
Tu n'iras point peser stoïquement,
Au grave poids d'une raison chagrine,
Les jeux légers d'une muse badine.
Non, la raison, celle que tu chéris,
A ses côtés laisse marcher les ris,
Et laisse au froc ces vertus trop fardées
Qu'un plaisir fin n'a jamais déridées.
Ainsi pensoit l'amusant Du Cerceau,
Sage enjoué, vertueux sans rudesse,
Des sages faux évitant la tristesse,
Il badina sans s'écarter du beau,
Et sans jamais effrayer la sagesse.
Ainsi, les traits de son heureux pinceau
Plairont toujours, &, de races en races,
Vivront gravés dans les fastes des Graces,
Et les Censeurs obstinés à ternir
Son art chéri, par l'ennui pédantesque
D'un françois fade, ou d'un latin tudesque
Endormiront les siécles à venir.

F I N.

www.ingramcontent.com/pod-product-compliance
Lightning Source LLC
LaVergne TN
LVHW052036160826
845678LV00003B/1372

* 9 7 8 2 3 2 9 6 2 5 4 2 3 *